〔日〕及川淳子 著
劉燕子、及川淳子 譯
〔日〕笠原清志 導讀

11封信

關於劉曉波的至情書簡

曉波：我會以任何方式找到你

霞：快點 我迷路了

——劉霞寫給此書（中文版）

導讀：天安門事件三十年祭——思考兩張照片的意義

笠原清志

天安門事件（確切地說，是第二次天安門事件），指一九八九年六月四日人民解放軍對示威請願的學生、市民、工人進行的武力鎮壓行動。死傷者的準確資料和事件的全貌，至今不明。在中國國內不僅不能公開討論，就連在互聯網上搜索相關的關鍵字，也因網路審查而無法檢索。人民解放軍不是中國國家的軍隊，而是效忠於中國共產黨的軍隊。因此，只要黨認為其瀕臨危機，即使對同為中國人的學生、市民、工人，也可以殺無赦，而沒有任何猶豫。即使天安門事件日益被遺忘，但有兩張歷史照片，卻深深印在我的腦海裡，揮之不去。

其一：阻擋坦克的青年

在好像隨時會輾壓上來的威嚇的坦克佇列的前面，突然出現一個青年，試圖擋住坦克，與龐然大物的坦克對峙，絕不後退一步。這張似乎在廣場附近的酒店或公寓的一個房間中拍攝的視頻和照片，即使是在三十年後的今天，也一刻都未曾離開過我們的記憶。

青年不惜豁出生命，向我們每個人所追問和昭示的，究竟是什麼呢？是縱然肉身被坦克輾壓，但作為人的高貴的精神自由，卻無法被剝奪這件事。青年以生命為賭注的行動的追問，為民眾所繼承，對為政者來說，就像一支被深吞進喉嚨裡的魚鉤似的，越是想拔出，便會越深地嵌入。

今天的中國，令人驚異的經濟發展改寫了都市景觀。市民生活水準提高，年輕人的時裝及生活方式的變化，會給人以某種錯覺：似乎那樁噩夢般的事件，全然不曾發生過。但是，那個隻身擋住坦克群，拒不後退一步的青年的英姿，那種勇鬥的鏡像，卻在我們的記憶中不時閃回，真真具有能把三十年前的狀況扳回的力量。

其二：和平獎頒獎典禮上的空椅子

二〇一〇年十二月十日，中國民主運動者劉曉波的諾貝爾和平獎頒獎典禮在挪威首都奧斯陸舉行。因獲獎者正在「服刑」，其本人及家屬，均不能出國，以至於慶典活動成了一個無人領獎的另類頒獎典禮。代替劉曉波的，是主辦方在台上擺放的一把空椅子，椅子上放著授獎證書和裝獎章的盒子。這把無人坐的空椅子，卻令中國政府膽怯。挪威諾貝爾和平獎委員會主席托爾比約恩·亞格蘭在授獎辭中指出，「擁有十三億人口的中國肩負著人類的未來」，呼籲中國釋放劉曉波，改善人權狀況。於是，那把代表劉曉波的空椅子被置於講壇上的鏡像，定格成全世界的記憶。

劉曉波並非一開始就是反體制的異見知識分子。他曾經是北京師範大學中文系的一名講師，原本社會主義中國應保障他的未來食祿無憂。天安門事件之後，眾多的學生領袖、知識分子要麼流亡海外，要麼保持沉默，或者微妙地修正自己的言論，或以迎合體制的方式確保在改革開放格局中自身的地位。

在二〇〇九年的庭審上，劉曉波在譴責當局對天安門事件的鎮壓之後，如此表達了自己的信念：「我的所作所為無罪，即便為此被指控，也無怨言。」據說檢方曾誘之以魔鬼交易——「認罪就釋放」，被他斷然拒絕。在中國，膽敢對抗政府和黨意的持不同政見者，須付出多麼慘痛的代價，通過此案，人們亦可悲催地得出冷峻的結論。劉曉波與納爾遜・曼德拉、卡爾・馮・奧西茨基一樣，成為因思想理念而身陷囹圄的「世界良心囚犯」。納爾遜・曼德拉是南非種族隔離制度的反對者，卡爾・馮・奧西茨基則被德國納粹囚於集中營，他們都是榮膺諾貝爾和平獎的和平主義者。卡爾・馮・奧西茨基獲獎時，不僅其本人，連家屬作為代領人前往奧斯陸領獎，都遭希特勒禁止。

其三：知識分子豐沛的精神地下水脈

繼一九八九年六月的天安門事件之後，同年八月，因萊赫・瓦文薩領導的團結工會運動的高漲，導致波蘭統一工人黨（即共產黨）政權，如同柿熟蒂落式地倒台。其後，又引發了東歐的民主化、兩德統一的多米諾效應，直至「社會主義的祖國」蘇聯崩潰，世界史被改寫。在波蘭、東歐諸國和蘇聯的社會主義政權相繼崩潰的大背景中，被認為存在一種來自草根的力量，即人民對民主主義的嚮往。

我們從波蘭民主化運動的軌跡中，可依稀找尋到一種知識分子豐沛的精神地下水脈：即無論在什麼樣的時代，詩人、知識分子都被要求把握時代的良心，並以生命為賭注來訴諸表達。而不是囿於自我的小世界，先把自己置於安全地帶之後，再來吟詩作文。真正的知識分子不是這樣。而天安門事件時，隻身阻擋坦克群的青年的心像風景，斷然拒絕檢方暗示「認罪就釋放」的魔鬼交易，劉曉波的抉擇也體現了中國知識分子豐沛的精神地下水脈。

其四：不懈地追問

中國不承認民主化，一味謀求市場經濟發展的做法，使所謂社會主義市場經濟的矛盾叢生，且在所有的領域日益表面化。在所謂黨領導的「法治」名義下，對人權的打壓已然正當化。人口基數龐大的農民，為戶籍制度所捆綁，在無權利的狀態下，持續不斷地向城市提供廉價勞動力，而以此達成的經濟發展，製造了足以超過美國的貧富差距。另一方面，西藏、維吾爾的民族問題也被強權鎮壓。在暴力與同化合一的民族政策下，民眾請願與僧侶的抗議自焚事件接連不斷，呈現了經濟發展至上的今日中國的另一種現實。

從多民族國家的前蘇聯和中國社會統合的觀點來看，社會主義意識形態確實起到了一種可把不同民族橫向維繫的統合意識形態的作用。它強調儘管民族不同，但每個民族中都存在勞工與資本家這兩個對立的階級。橫向維繫不同民族的勞工階級，靠的不是別的，正是社會主義的意識形態，共產黨則居於這種意識形態的核心。而靠暴力與強權來維護這一統合之合法性，就是公安員警和軍隊（在中國，即人民解放軍）。

這種社會主義體制，即使經濟出現低迷，甚至破產，但只要為政者牢牢地掌控著公安員警和軍隊，體制便不會瓦解，北朝鮮的情況即是顯例。社會主義體制的真正危機，是如前蘇聯的戈巴契夫那樣的案例，即掌權者一方中出現了民主改革派領袖，並走上時代舞台。然而在中國，主張民主化的改革派領袖胡耀邦的逝世卻成為天安門事件的導火索，而對學生的民主化訴求表示理解的總書記趙紫陽，因其言行觸犯了鄧小平，結果招致對天安門運動的武力鎮壓。

隻身阻擋坦克群的那位青年，據說被公安員警逮捕後，未經審判便遭處決。還有一個說法，是三十年來，始終被關押在天津的某所監獄中，既沒人知道他的名字，罪名也不清不楚。作為天安門民主運動象徵的這個事件，與在中國發生的其它抗爭事件一樣，庶幾被埋葬於黑暗中。三十年來，社會關懷的重心已從政治轉移到經濟，人們的思想意識，也從過去轉向未來。然而，那個執拗地站在坦克前面螳臂當車的青年，還有那張諾貝爾和平獎頒獎典禮上的空座椅——這兩張照片，總是在不斷地拷問著我們每個人，要求我們自我追問。

孤身阻攔坦克的青年，在獄中不懈抗爭直到燃盡生命最後的劉曉波。我想，無論是什麼時代，改變世界的，是人，是每一個個體的堅強意志和思索，以及對先行者永誌不忘的普通民眾。

（本文作者為跡見學園女子大學校長、立教大學名譽教授）

《世界人權宣言》

《世界人權宣言》是人權史上具有里程碑的文件。它由來自世界各個地區不同法律和文化背景的代表起草，於一九八四年十二月十日在巴黎召開的大會會議上決議通過。《世界人權宣言》作為所有國家和所有人民的共同成就，第一次規定了基本人權應得到普遍保護。

第一條：

人人生而自由，在尊嚴和權利上一律平等。他們賦有理性和良心，並應以兄弟關係及精神相對待。

《日本國憲法》

《日本國憲法》，又被稱為《和平憲法》、《戰後憲法》。是日本現行憲法。於一九四六年十一月三日公布，一九四七年五月三日起施行。尊重和平主義、國民主權、基本人權，被稱為日本國憲法的「三大要素」。

第二十一條：

〈集會、結社及表現的自由、通信的祕密〉

（一）保障集會、結社、言論、出版及其他一切表現的自由。

（二）不得進行檢查、並不得侵犯通信的祕密。

《中華人民共和國憲法》

是中華人民共和國的根本法，擁有最高的法律效力。

第三十五條：

中華人民共和國公民有言論、出版、集會、結社、遊行、示威的自由。

《中華民國憲法》

是中華民國的根本法，擁有最高位階的法律權力。

民國三十五年（一九四六年）由制憲國民大會於南京議決通過。民國三十六年（一九四七年）一月一日由國民政府公布，同年十二月施行。全文共十四章、一百七十五條，主要特色為彰顯三民主義與主權在民，明定人民自由權利的保障，規定五權分立的中央政府體制及地方自治制度，明示中央與地方許可權劃分採取均權制度，並明列基本國策等。

第十一條：

人民有言論、講學、著作及出版之自由。

代序

本書謹獻給
我的中國朋友
是你們，告訴我
日常呼吸一樣「自由」的寶貴
那就是
讀，想讀的書
見，想見的人

及川淳子

還有，盡心暢意的交談

獻給你
翻閱本書的每一位讀者

驀然回望一九八九年六月四日

目次

一、給一位學生的信

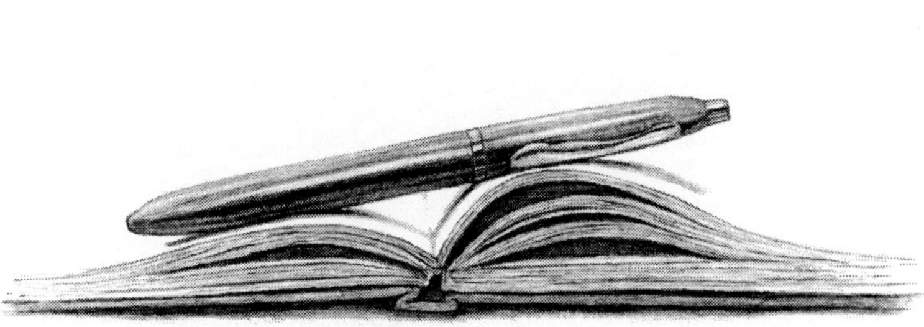

那天，你在廣場，
跟大學的同學們一起，集體罷課
靜坐廣場，無聲抗議。
時代的暴風驟雨，
投映在你的眼眸。

你是那個總愛坐在教室頭一排的學生。
猶記得，你在攤開的本子上，
筆錄著我的講義，
唯恐落掉一個字的樣子。

那次下課後，在走廊上，
你叫住我
「老師，剛才您介紹的那位哲學家的話……」
說著，你翻開本子
讀著上面龍飛鳳舞的文字：
「我不同意你的觀點，
但我拚死捍衛你說話的權利。」

伏爾泰的這句名言，
是我的最愛。
每當我談論「自由」時，
一定會向學生提問。

「老師……」

你問我，帶著試探的口吻：

「字面的意思我是明白的。可是，

那樣做果真行得通嗎？」

我之所以中斷在國外的研究生活，

回到這座城市，

正是因為你的聲音，

一直留在我的耳畔。

如果，你記在本子上的那句話，

同時也刻進了你的心裡，

那麼，我作為一個教師，
便理應恪盡職守，責無旁貸

如果，你們這些學生滯留廣場，
那麼，我就要與你們一起在廣場堅守。
為了捍衛我們的家園，
一起來發聲吧。
為了構築美好的未來，
拿出我們的智慧。
讓我們學會，傾聽不同的聲音，
讓我們盡情分享，
隨心所欲地交流。

「到底何謂『真實』？其實很難泛泛而談，
但，無論在何時、之於何地，無論對什麼問題，
都能『學而時習』，
這，應該就是我們的『自由』吧。」

那天，你在廣場這樣說著，
笑了起來。

在那個謄寫講義，
也記下了我的話的本子上，
如今，你是否也寫下了自己的心語呢？

二、給一位老友的信

那天，你送了我一本書：

「瞧，我搞到了一本奇書！」你一邊說，

像個淘氣的大男孩，衝我詭黠地一笑。

——那正是我夢寐以求的、

一本翻譯小說。

「老實交代，到底如何搞到的？」

我簡直被驚到了，盯著書封，又抬頭凝視你的臉。

……因為，這是一本禁書啊！

不要說讀了，就是保有這本書，

若是被人發現，都會成為一樁罪過。

可即便如此，我還是禁不住想要讀它的誘惑，一直在暗中尋覓。
這個「妄念」，
我只悄悄告訴過你。
因為，你是我最珍視的朋友。

「書，原本就該送到應該讀的人的手中。」
你一本正經地說著，咧嘴笑了。

那時，你我還都是青年教師。
我常騎一輛破自行車，去你教書的校園借書。
如果，如果真有那麼一天，
我倆都被砸了教書匠的飯碗，

就一起開一家書店吧，
我扯淡似地說著，笑了起來。

直到我倆被捕的那天，玩笑竟一語成讖。
從此，你我不能再登講壇。

出獄後，我又開始寫作。
你笑著說：
「看來人生，也不全是壞事兒。」
你果然在學院區，開了一間小書店，
再次驚到了我。

「想讀的書不但要擺出來，
想讀的書，還要做起來才好。」
不知不覺間，你的書店
成了作家、編輯雲集之所，
盡頭處那間精心布置的舒適可人的咖啡，
竟成了我們的祕密據點。
在那兒，我們甚至開過選題會：
在你的書店，什麼時候，
辦一場我的新書簽售吧……

咖啡香氣漂浮，
書稿攤在桌上。

你我正談話的當兒，被你寵溺的黑貓
悠然打我們身邊穿過……
如此溫馨和美的時光，
本該綿延持續下去。

三、給一位記者的信

那天，妳在清晨被捕。
妳為一篇報導，熬了個通宵，終於擱筆。
他們闖進編輯部，
強行拘捕了妳。

手稿墨跡未乾，
妳甚至來不及整理一下長髮，
便被雙手反剪，帶走了。
但，妳仍然昂首挺胸，
直視前方的樣子，
真的很美。

「我是一名記者，
　傳播真相是我的職責。」
——這句是妳的口頭禪。
「這座城市，眼下正在發生的一切，
　都必須報導出去，且毫無保留。」
妳一邊說著，一邊狂寫。
結果，為了必須捍衛到底的「自由」，
妳竟不惜以自己的自由為代價。

那天，究竟發生了什麼？
妳們所奉職的報紙，曾為報導真相而努力。
那之後不久，我們就看到：

街頭的報亭，
又一份報紙消失了。
也許，要不了多久
連街頭的報亭也會被消失吧。

好不容易等到妳出獄的那天，
卻輪到我被抓。
待我刑滿獲釋後，
妳竟再次身陷囹圄。
明明說再過些日子，
妳就回來了，
可陰差陽錯，妳我總是失之交臂。

「我想要報導事件的新聞，
不承想，自個卻成了新聞。」
我想，妳一定會這麼說，
然後，無聲地笑著，
掐著指頭，數著我們再見的日子。

從「那天」起，漫長的光陰流逝，
而妳，又數度遭難，
但卻從未放棄手中的筆。
「我是記者，傳播真相是我的職責。」
——妳的口頭禪，
至今也不會改變吧。

四、給一位歌手的信

那天，你一邊彈撥吉他，一邊吟唱。
被廣場上無數的學生團團簇擁，
眾人被你的歌聲迷住。

「雖然我只會唱歌，
雖說我只會唱歌，不過……好在我還能唱。」

你略帶靦腆地笑著，
那天，果然一直在唱。
你的歌聲與我的聲音重疊在一起，
歌聲漸次高起來，
不一會，我們的聲音便湮沒於眾聲之海。

儘管未來充滿了未知數，
可不知為什麼，
我們內心真有種說不出的高興。

「歌手吧，就好比是煤礦上的金絲雀」，
你有點賣關子似地說道。
「哪怕只感到有那麼一點點不對勁兒的地方，
我也要把它唱出來。」
所以呢，說句真心話，
你的歌，也並不全是歡快的調子。
「當世道變壞，
音樂就會被剝奪，無論是什麼時代。」

可如果連對可愛的人的念想，
如果連對故鄉的感懷都不能歌唱的話，
那就礙難從命了。
是你教我懂得，
音樂即「自由」的道理。

「不過，歌手云云，真的很無力。」
那天，你避開廣場的嘈雜，
只對我小聲嘟囔著：
「為我們的故鄉，
為了一個更美好的未來，
我，到底能做點什麼呢？」

你抱著吉他，緊閉雙唇。
顯然，你已經有一種
即將「失聲」的預感。

當滿廣場的學生，一起
向上揮舞拳頭的時候，那兒有
——你的歌。
當手無寸鐵的青年與
全副武裝的士兵對峙時，
不知是誰，唱起歌來，
——你的歌。
當我們已走投無路，

任眼淚流淌的時候，
不知從何處飄來
——你的歌。

歌聲的力量，或許微乎其微，
但絕非無力。
我還可以歌唱，在任何時候。
……而告訴我這些的，
也是你的那首歌。

五、給一位律師的信

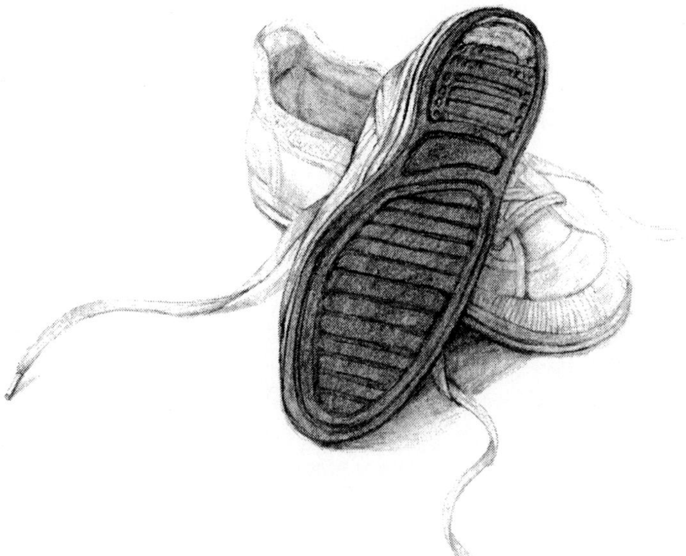

那天，你將大部頭的法律書裝進了挎包。

「我可是遲早要當律師的研究生，法律條文記得倍兒溜。」

而你最得意的功課，

是《憲法》第三十五條。

那一款中，明記著「自由」。

「從大學一路走到廣場，

我的球鞋開了綻。」

你是一大高個兒，

無論在遊行隊伍中，還是抗議集會上，

總顯得鶴立雞群。

你的籃球背心的號碼布上，
用粗粗的油性筆，
大寫著「自由」的標記。
你牛氣哄哄地別在胸前，
闊步走向廣場。

「我並沒想過搞『革命』，
但『不合理，就是不合理。
——那是不對的』，
我只想說出這句話。
希望他們能傾聽我們的聲音，
希望我們的聲音，能被他們聽到。

你問我：為什麼要讀書？
那還用說嗎？
當然是為了幫助困苦的人，
所以，我才要當律師。」

你是這樣說的，
果然夢想成真，
成了一名律師，雖然走了一些彎路。
「不合理，就是不合理」，
你持續追問著，
暗中靠近那些困頓者，
對終日以淚洗面的人，

輕撫其後背……

就這樣，面對從前制定的種種奇怪的律法，
你從內心開始懷疑。

你先後代理了幾樁棘手案件，
果然成了「著名」律師。
但每年到了**那天**，
你會同夥伴們一道，
從大學步行到廣場。
多少人，已經與**那天**漸行漸遠，
可你不會
——你絕不會對**那天**，背過臉去。

終於，你被捕入獄，
律師的執業執照被褫奪。
走自己堅信的道路，
何罪之有？
朋友們紛紛陷入絕境，
有時連我也禁不住長吁短嘆。
而好不容易才回到親人身旁的你，
至今仍靜靜地面對著沉甸甸的法律經典。

今年，當**那天**再度來臨，
你還是會朝廣場方向闊步前行吧？

六、給一位長者的信

碘伏
消毒液

那天，您用顫抖聲音的說道：
「人民軍隊，不能將槍口對準人民！」
儘管對長者此話點頭稱是者甚眾，
可到頭來，這座城市還是濺血四處。

您固然不會屈服於強權，
但即使您提出再出位的反對意見，
歸根結柢，您仍然屬於這個強權的保護者。
因為您作為黨內老幹部，
終歸與我處在不同的立場。

有一天，偶然讀到您的詩集，
才知道：您年輕時，
亦曾遭縲絏之災，
在獄中度過了漫長得透不過氣的時光。
牢房中當然沒書，
甚至連紙和筆也沒有。
您硬是用龍膽紫藥水當墨水，
用棉花棒「筆」蘸「墨」，
留下了一首首詩作。
那些詩，並非是為誰而寫，
只是為絕境中的生存。
那些湮染的紫色文字，

是你活著的證據。

「關於那個事件，
如果不能不斷地追尋事實真相，銘記歷史的話，
我們將無法前行。
歷史的過失，絕不能重演。」

正是讀了您的手記之後，我想到：
唯有糾正過失，才有未來。
而我們這些倖存者，
仍須書寫，且持續地書寫。

我與您的立場畢竟不同，
在許多方面，觀點也迥異，
但縱然如此，我們都相信筆的力量。
因言被禍，身陷囹圄，
乃至「自由」遭剝奪……
我們的人生經驗竟如此相似。
可即使在那些肉身囚於鐵窗中的日子，
我們仍深信不疑者，
是隨心所欲地駕馭文字，
活出自己的樣子來，
才是真正的「自由」。

「做人與當黨員發生根本矛盾時，
我不惜犧牲一切，
堅持了前者，對得起自己，
也對得起歷史。」*

您付出一生代價所換來的箴言，
我將永誌不忘。

註：引自李銳（一九一七至二〇一九，著名的中共黨史專家，曾任毛澤東的秘書）的〈做人與當黨員〉。

七、給一位母親的信

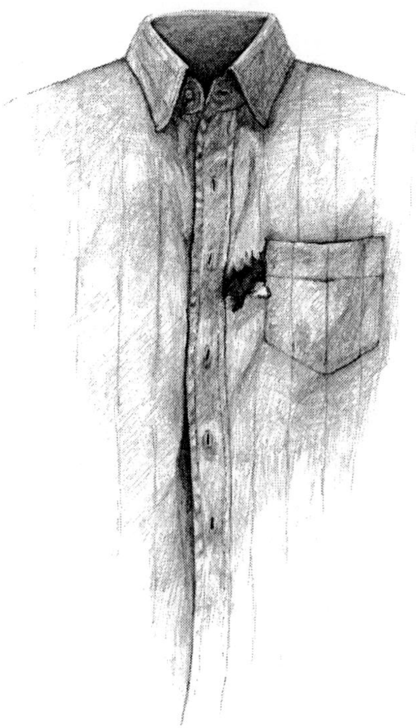

我知道，

那天，妳苦苦地勸阻孩子留在家裡。

「不行，孩子，不要出去，聽媽媽的話。」

妳眉頭深鎖，好不容易才將孩子反鎖在家裡，

可他居然還是逃了出去。

「將來，我要當一名新聞記者。」

還記得，他說這話時，兩眼放光。

那輛摩托車，

應該是送給他的生日禮物吧。

「騎上它，我哪兒都能去，我什麼都想要見識一下。」

他笑著，像個頑皮的孩子。

「每一天，都有大事發生，
　我得用自己的眼去觀察。」
結果，**那天**，他從自己的房間逃出來，騎著他的摩托車，
向廣場馳去……
再也沒回家。

妳呼喚著孩子的名字，
滿城亂轉，漫無目標。
如許多母親一樣，
妳不斷地在眼前揮手，
試圖趕走那個動輒便會浮現的凶兆
——萬一，萬一……

妳在心中祈禱，
「求求你，孩子……回家吧。」

待妳終於把他緊抱在懷裡，
已經是三天後的事情。
白襯衫沾滿血和泥，
孩子騎摩托時喜歡戴的紅頭盔上，彈痕赫然。

「早知如此，當時真該多加幾把鎖。」
日後，妳始終活在自責中。
「照片中的孩子一直在笑，永遠定格在十七歲，
可當媽的，卻成了一個老太婆。」

妳邊說著，邊給我看失去孩子的母親群體名單。
就這樣，在對「那天」所發生的事實真相的追尋中，
妳日漸老去。

每年，每到那天，妳會抱著鮮花，
去孩子的墓園。*
他們必如臨大敵，即刻包圍現場，
甚至不許妳靜靜地哭泣。
「不僅我的孩子，
連我流淚的『自由』，也一併被剝奪……」
我彷彿聽到妳的嘆息。

雖然孩子的命，是被他們奪走的，
但奪走孩子夢想的人中，也包括我們。
從**那天**起，
我一直在苦苦思索。

譯註：此處原文為「墓園」，但北京其實並沒有一座真正的六四墓園。

八、給一位年輕士兵的信

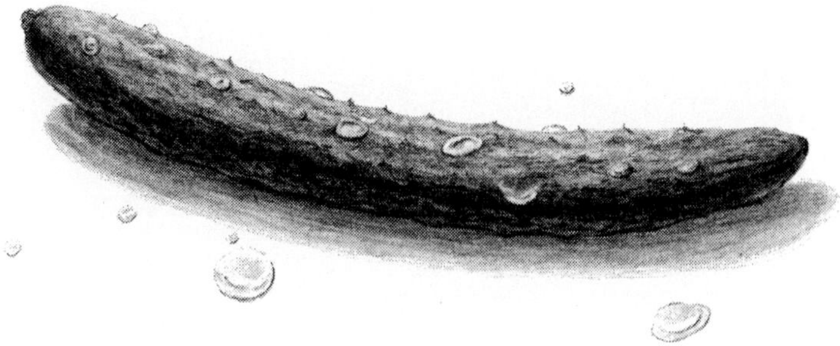

那天，你身穿橄欖色軍裝，
緊抱著衝鋒槍。
你曾經相信，你是人民的兵，為人民服務。
你和你的戰友們，
都應對此深信不疑。

你的家鄉，是貧瘠的農村。
在那兒，參軍被認為是對父母最大的孝敬。
你年幼的弟弟、妹妹，
應該也以你為驕傲。
對你來說，上學讀書根本就是一種難以啟齒的「任性」，
於是，你只好壓抑自己的念想，當了兵。

過去有句俗話，叫做「好男不當兵」。
這種話，究竟出自誰人之口呢？
為了保衛家鄉，你們一路吃苦遭罪，
但何以竟會發生今天的事態呢？
我想，這恐怕連你自己也不明白吧？

那天，你坐在搖搖晃晃的運兵車裡，
好像在琢磨著什麼。
八成是在盤算下次回家探親時，
給家人帶什麼禮物吧。

你們這群年輕的士兵，
被拉到這條橫貫東西的大街上，
隨即兵車就被嘈雜的人群包圍，
就地抛錨，一動不動。
憤怒的群眾與士兵對峙。
在灼熱曝曬的毒日下，
時間分分秒秒地逝去，
緊抱著槍，雙手應該已經麻木。

冷不防的，
一位老人，抱著籮筐，擠到兵車旁邊：
「孩子，天兒忒熱，吃點解解渴吧」，

說著，便將堆滿黃瓜的籮筐硬塞給士兵。
你們這些當兵的，雖然沒人敢接，
但多半在有些人的眼前，
定會浮現出故鄉的農田和親人的笑臉。
你假裝正了一下鋼盔，
以免讓人看出眼裡的淚光。

雖說軍人以服從命令為天職，
可無論是誰，
也都有聽從自己內心召喚的「自由」。
而你，卻沒有學習這種自由的機會。
那天，你是否察覺到了這一點呢？

九、給一位基督徒的信

那天，你說你的心意已決。
「我什麼都不信了！
　這世上，沒有任何東西，能讓我相信。」
這話，之所以成為你的口頭禪，
是因為在**那天**，你的夢想化作了齏粉。

你是才華橫溢的青年作家，
我們很快，就變得親密無間。
誰讓我們的故土，糟心事兒太多，
乃至我們創作的題材，取之不盡，用之不竭。
但是，一旦文章觸及真實，
即刻便會遭到傳訊，「被喝茶」，不在話下。

任何時候，他們都會表現出令人肉麻的「禮儀」，

一邊喝茶，一邊問來問去，這個那個：

「那可是敏感問題，最好還是不要寫吧」，

談笑中，我們便被嚴重警告。

從**那天**起，多少年過去了。

有一天，你悄悄拿出一本黑色封面的《聖經》。

「噢，這麼說，你終於找到了自己的信仰？」

我問道。你氣定神閒地笑著說了句：

「上帝祝福你。」

你邀我去的教會，
既沒有像樣的燭台，
也沒有斑斕的彩色玻璃，
好像刻意不受冗餘飾物打擾似的，
單純只是一個為祈禱的場所。
是「家庭教會」，你告訴我。
「如我得救一樣，
　你也一定會得救贖。」
你說著，開始熱心地對我傳福音。
而在我來說，則有自己的心路歷程。

上帝是否真的存在，
我不知道。
但看到我們的故土，竟然變成這般模樣，
也許，上帝真的缺席，也未可知。
這難道是所有不幸之始嗎？
但，你若是篤信，
你的上帝一定會在那兒。

我會珍視你信主的「自由」，
所以，請你也珍視我不信神的「自由」吧。
話到這裡停住了。而你我的友情，

無任何變化。
我想，你是心有靈犀的。

十、給一位詩人的信

那天，你撕毀了自己的詩集，
「語言，是無力的。詩什麼的，也很虛幻。」
你像洩憤似地，吐出幾個詞，
埋葬了自己的詩。
從那以後，你不再說一句話，
頑強地守著沉默。

那時，我們都是詩人，
有事沒事的，愛拼湊幾句歪詩，
然後裝模作樣、得意忘形地朗誦。
你在一所古寺裡，
在遮天蔽日的銀杏樹下，主持過詩會。

金黃色的銀杏樹葉，好像總也落不盡，
簡直像不斷增殖四溢的語詞。

我當然知道，
有的詞語，悄悄地貼近受傷的人，
而有的詞語，則會深深刺痛人心。

也許，正如你所說，
在槍口面前，語言是無力的。
可即便如此，人仍活在語言中，
我還是相信，語言的力量。

每年，當**那天**到來之際，
我還是會寫一首短詩。
但我寫詩的「自由」，
與你緘默的「自由」，
具有同等的重量。

雖然你的詩句，
猶鐫刻在我的心裡，
而你卻保守沉默到今天。
我自然知道，沉默之金貴，
但還是禁不住期待：
差不多是時候了，說出來吧。

哦，對了，
還記得那張在銀杏樹下拍的，
有一點焦距模糊的黑白照片麼？
我和你，還有那群哥們兒們，
大家真的都老了。
那株巨大的銀杏樹啊，
應該還記得咱們吧？

十一、給愛人的最後一封信

那天，我在廣場。
時雖夏至，更深時分，夜涼如水。

在學生與戒嚴部隊之間，
我設法充當調停的角色，並勸說學生。
拂曉將至，
天亮之前，所有人務須撤離廣場。
我們不要再流淚了，
誰的血，都不能流。

揮動著攥緊的拳頭，
可拳頭還得自己收回來。

我深知，這有多麼難。

我不能說，我們追求「自由」的日日夜夜，
統統都是夢和虛妄
——絕不能那樣說。

我當然不認為，我們的所為全部是正確的，
可也不能說都錯了吧？
我抱著這種念頭，目送學生撤離廣場。

走吧，回家吧，回到等待你的親人的身旁去吧。
我也要回去了，
回到等我回去的人的身邊。

從**那天**起，我們邊數著流逝的日子，
不知不覺間，竟相互吸引，琴瑟和鳴。
如今，愛你這件事，竟成了我的一切。

當我們發誓將攜手共赴人生險途的時候，
我還是被囚之身。

每月一次的探監，
你柔弱的肩膀，背著大捆沉重的書籍，
乘綠皮列車，搖搖晃晃地趕赴
遙遠城市的監獄，從未間斷。
你是美麗的新娘，可我竟然無法擁抱你。
任我的手伸得再遠，也搆不到你……

至今我仍會在夜裡猛然驚醒，
重複著白日的夢魘。

數年後，我重新回到你身邊，
仍像過去那樣作文著書。
但多了一個心照不宣的程序：
所有文稿，必於最後一行，署名——
「某年某月某日，於北京家中。」
是的，我在這兒。
我在這兒，不停地寫。
我在這兒，要活下去。

無論何時，我們的家總處於監控之下，
「自由」是如此遙遠。
但我的面前鋪著稿紙，而你就在我的身邊，
寫詩，畫畫，還是我的「御用」攝影師。

那些「歲月靜好」的日子，
曾經是我們的小確幸。

每年到**那天**，
你會出去買一束白百合花，
為在**那天**失去生命的眾多亡靈，
獻上我們倆人的祈禱。

每一朵百合花，
都象徵我們屈指記數的
流逝的歲月。
如是者反覆，
我們也靜靜地老去。

然而，樹欲靜而風不止，
不承想，我竟再度繫獄。
而這一次，竟然連你都被囚於那間小屋。
愛吾所愛的「自由」，
是「自由」的全部含義。
而你，僅僅因為是我的妻子，

便成了你唯一的、
也是全部的罪證。

從那以後，
世界發生了太多令人眼花撩亂的事。
我和朋友們共同起草的《零八憲章》，
獲得了世界性的獎項，
還有一把專為我預留的氣派的座椅。
全球眾多媒體報導了這些消息，
可這於我而言，
卻成了遙不可及的花絮。
對你來說，親愛的，不也同樣嗎？

那天，在我們的故土，究竟發生了什麼？
那天，多少夢被擊碎？
那天，為什麼我們未能察覺自己的過失？
那天，到底有多少生命隕落？

一直以來，我從未中斷思考，
可答案卻還是付諸闕如。
但縱然如此，我仍然有信心地捍衛了
持續思考的「自由」，
用自己的語言不懈創作的「自由」，
以及愛你的「自由」。
可儘管如此，我怕是沒有時間了。

在這封長信的最後，我無論如何都想要告訴你一個事實
——僅僅是一個單純的真實：
對我來說，一樁最真切不過的事，

就是我們彼此深愛過。
我用我全部的真心，
寫給最愛的你的這封信，
能寄到你那裡嗎？

日文版後記

及川淳子

拙著的問世，從構思到問世，經歷了相當長的一段時間。期間，又有許多的相逢與離別，下面是《11封信》中未道盡的小小物語：

一九八九年初夏

從報刊、電視中每天都傳來關於中國的消息。

罷課的學生們在北京天安門廣場靜坐、抗議，以生命訴求著什麼呢？

我當時只是一名剛開始學中文的高中生，還不能完全理解比自己年長幾歲的中國大學生們，究竟是什麼原因聚集在廣場，他們訴求的目標又在哪裡？我每天只是注視著電視畫面。坦克、士兵、四處逃散的人群以及與這些畫面交疊的槍聲。這，就是我一九八九年天安門事件的記憶。

一九九五年初春

我從大學休學一年赴上海留學。

我乘坐夜行火車去北京。初次置身於天安門廣場。

彷彿無盡廣闊的廣場。刺骨的寒風。陽光下明晃晃的晴空，風箏翩翩飛舞。

我參觀了毛主席紀念堂、人民英雄紀念碑等歷史遺跡。

不知怎地，突然我想起了就在數年前發生的天安門事件。而廣場乾乾淨淨，竟然絲毫不留痕跡。

此時，正是中國經濟以迅猛之勢發展的時期。

二〇〇五年晚秋

我的北京時期。朋友們常常邀請我參加作家、媒體人的聚會。自然，我總是非常開心地同他們在一起。我親身感受到中國的變化。

有一天，朋友向我介紹一位名叫劉曉波的作家。

至今，我的耳畔仍然迴響著初見時他特有的男低音。

從那以後，我們又有數次飯聚。那之後，我們遂成了可隨意閒談的朋友。

有一天，朋友約我一起去他家玩。在一任陽光傾瀉的房間裡，劉霞讓我欣賞她剛剛完成的一幅繪畫作品。

二〇〇八年冬

《零八憲章》公布的消息，來自於北京的一位朋友。

那時，我已經回到日本，在一所大學的研究生院學習。

收到劉曉波《零八憲章》文本的同時，是他被拘留的消息。

他與他的朋友們共同起草、由三百零三名中國公民聯名簽署，要求推動中國社會民主化。

而就在幾天前，我們還在互通電子郵件。

他，卻從此失去自由。

二〇〇九年聖誕節

劉曉波被宣布判刑十一年的那一天，正是聖誕節。所謂「煽動顛覆國家政權罪」，就是因言入罪，以他的文筆活動作為政治斷罪理由。

此時，我陷入無處宣洩的憤怒與深邃的悲傷的交匯旋流中。

可儘管如此，當我看到在庭審階段，劉曉波向法庭提交在獄中完成的自辯狀〈我沒有敵人——我的最後陳述〉的文本時，像被某種神祕力量驅使著似的，當即著手翻譯。文章中，他寄託了對中國未來的期許，也包含了對劉霞的摯愛。

二〇一〇年從秋到冬

在北京，一間常去的書店，與劉霞邂逅，在一個雨夜。「去旁邊的咖啡屋，喝杯茶怎麼樣？」她邀請我。我們凝視著小桌上朦朧的光暈，漫無邊際地閒聊起來。「假如，我說的是假如，他真的獲得諾貝爾和平獎的話，會怎樣呢……？」，很久以後，我反覆回味著劉霞的話。

獄中作家獲獎的消息，傳遍全世界的當天，我正在大學課堂上講著關於劉曉波的課程。劉霞被軟禁在家中，頒獎典禮的會場上，擺放著一把因坐在上面的人缺席而無人落坐的空椅子。

二〇一三年春

曉波與劉霞。「你如果來北京的話，咱們一塊兒吃個飯唄？」給我發郵件的那個人，被捕繫獄，並被治罪，已成了世界性的新聞人物；「好了，再見吧。」那個衝我笑著、揮手告別的人，從此被置於持續軟禁之下，終於無法再見。正是這對夫婦教我懂得了

「自由」——它是如此彌足珍貴，以至於此後的日子，我無數次地咀嚼其深意。後得益於眾多朋友們的關注和努力，劉霞的攝影集終於得以在日本付梓，並於二〇一三年春天，在日本舉辦了攝影個展。

二〇一七年春

如果我真的不能與他們夫婦相見的話，那麼我就只好寫作、翻譯，把到下次見面前的時間，用語詞來填充。不過，我意識到這一點，其實花了很長的時間。我在日本出版的幾冊書，經過幾位朋友的傳遞，終於抵達劉霞手中。聽說劉霞去探監時，曾告訴劉曉波這些出版的消息。北京的朋友告訴我，十一年的刑期，應所餘無多了。大家都在翹首以盼。

可無論如何也不會想到，劉曉波竟然就那麼去了……

透過媒體的影片，我看到劉霞守在罹患晚期肝癌，無力地躺在病榻上的劉曉波的身邊。他們好不容易又待在一起，可命運只給二人留下了少得可憐的時間。劉曉波臨終的壯烈，也昭示了事實上死於獄中的事實。

二〇一八年晚秋

劉霞在長達八年的監視居住之後，終於抵達柏林。時值劉曉波離世近一周年。在那之前，屢屢為媒體所傳達的那張哭泣的臉上，終於綻放出笑容，乃至我想早日見到她。

從東京出發，經法蘭克福，奔赴柏林——我要去見我想見的人，只有這一個心願。雪花漫天飛舞，我攥著記有地址的紙條，一路尋過去。劉霞緊緊地擁抱了我，臉上安詳的笑容竟然與過去一模一樣。

二〇一九年初春

「我想去看海」，劉霞幾次對我說。劉曉波去世時，親屬們還來不及悲慟，其骨灰便被強行撒海——他甚至不被允許長眠於墓地。實在是太急了，「我都沒有與曉波好好道聲別」，劉霞時而嘆息。我很想成全她的心願，「總覺得，望著大海，多少會讓她感到他的存在」。抱著這種念想，我與她一起上路，一路沿太平洋的海岸線前行。我們看海上日出看到飽。我們緘默地凝視夕陽沉入大海的瞬間，時間是那麼的靜。

二〇一九年初夏

從一九八九年天安門事件至今，三十年的光陰水一樣流逝。

我彷彿被某種不可思議的緣分牽著，結識了劉曉波和劉霞。因了他們，我得以知曉、品嘗和思考世間的種種，坦白地說，辛酸遠多於快樂。但甭管怎麼說，是他們教我懂得了「自由」的真意。繼而，是無論有多麼難過，倖存者還是要活下去。還有一點，就是寫作者倒不妨邊哭邊寫，但惟有寫，必須進行到底。

《11封信——關於劉曉波的至情書簡》是我以劉曉波給至親好友的口吻創作的飛鴻。既然偶然，又是必然。

日文版書腰上這句話，出自劉霞的詩〈無法擺脫——給曉波〉：

「我必須要每天晚上
聽到你的聲音
在恐怖之車到來之前

咬破你說出的每一個字」

封面插圖是華人藝術家巴丟草畫的劉曉波和劉霞。

在此，我雖然不能一一列出那些名字，但衷心感謝為我牽線引薦劉曉波和劉霞的朋友，長期以來，與我同甘苦、共休戚，相互支撐的重要友人；作為十一封信的收信人原型的他們，還有她們；我所相逢和未得相逢的人；包括再也不能得見的人，我內心對你們充滿了感激。

拙書緣於日本大學山口守先生的提案。

跡見學園女子大學的笠原清志先生以俯瞰的視點，精緻的為拙書撰寫〈導讀〉。

直到最後，信任我並支持出版的是編輯加同志的武藤心平先生。

有幸能在臺灣出版中文版，感謝黃美珍女士的鼓勵與幫助；感謝臺灣秀威出版社和日本小學館的理解與支持；感謝鄭伊庭女士、許乃文女士精心周到的編輯。再次衷心感謝為此書做出最大貢獻的劉燕子女士。

無盡地感謝，所有與拙書相關的每一位師友。

最後，謹以這本小小的書，獻給劉曉波和劉霞。

譯者備忘錄——我們也許微力，但並非無力

劉燕子

一、初見淳子

初見淳子，應是二〇〇八年三月。

章詒和先生的《往事並不如煙》前一年被譯成日文在川端幸夫先生的集廣舍出版。我陪章先生從大阪上京，一來去上野公園看櫻花，逛美術館，會朋友；二來參加關東方面的中國問題研究者與媒體人舉辦的該書研討會。

會後，照例在居酒屋小聚。淳子坐在不起眼的角落，熱心地為章先生翻譯。伊始，我誤以為淳子是遺華日僑的後代，用北京官話來說，淳子的中文說得「倍兒溜」。二戰後，遺留在中國東北（原滿洲國）的日僑有一百四十多萬人，戰後陸續回到日本。不過淳子是地道的日本人，她的家鄉在本州東北部的宮城縣，古時屬陸奧國的一部分，一六〇〇年伊達正宗於今天的仙台建造仙台城，市民愛稱其為「杜之都」，廣瀨川河畔、青葉山的鬱鬱蔥蔥使得仙台被翠綠包裹起來。二〇一一年發生東日本大震災時距離震央最近的宮城、福島、岩手三縣遭到巨大的海嘯襲擊，宮城一縣死亡以及失蹤人數接近一萬一千人。後來我聽淳子說，她的同學和親戚中好幾人喪生，很長一段時間，她都深陷巨大的悲傷之中。

那次會上還有矢吹晉教授同席。矢吹教授是日本著名的中國研究者，早在一九八九年即出版三卷《中國危機》；六四一周年出版《天安門真相》上下兩冊。二〇一一年，他與加藤哲郎先生、淳子一起出版了《劉曉波與中國民主化的行方》（花傳社出版）。

淳子的論文後來結集出版——《現代中國的言論空間與政治文化》（御茶之水書房出版），探討關於中共黨內自由派人士李銳及其周圍一直呼籲民主憲政和政治體制改革的老幹部群體的形成，他們在歷史巨變中發揮的作用，以及與《零八憲章》的互動。淳子從高中就開始學中文，大學本科期間前往上海師範大學留學，純正的發音使得淳子成為NHK（日本放送協會）電台廣播的中文教師。二〇一九年，天安門流血事件三十年祭，我們一起合作出版《用零八憲章學習教養中文》時，臺灣的年輕播音員育偉義務幫助朗讀錄音，使得本書成為一本既能學習中文，更能瞭解同時代的中國歷史與公民運動踐行現場的課本。

二、劉曉波與日本

二〇〇八年十二月八日，劉曉波被以「涉嫌煽動顛覆國家政權罪」刑事拘留的消息傳到日本時，我正在大阪參加日本思想史研究者子安宣邦先生的「懷德堂講座」，子安先生問我是否知道劉曉波？我告訴子安先生，二〇〇七年三月，在北京的萬聖書園，我同劉曉波見面的過程。

從上個世紀末開始，我研究中國文革時期的地下文學與流亡文學，一直關注被沉默、被遺忘的聲音。後來同留日學人一道創辦中日雙語文學刊物《藍・BLUE》，主編日文部分，譯編《海外流亡文學》、《中國地下文學》專輯。二〇〇六年出版了廖亦武的《中國底層訪談錄》日文版（集廣舍）。二〇〇七年我邀請川端先生等日本朋友一道去北京，廖亦武特意從四川趕來同我們見面，向我們介紹了劉曉波。

一九八九年六四天安門民主運動時，我在老家湖南，患肺結核住院治療。我母親幾乎每天來醫院給我送燉的各種土方子營養湯，告訴我學生與市民運動狀況。跟很多人一樣，我知道劉曉波的名字是在八〇年代後期，通過上海人民出版社出版的《選擇的批判——與李澤厚的對話》以及北京師範大學出版社出版的《審美與人的自由》，六四之後，《北京日報》刊登了一篇〈抓住劉曉波的黑手〉的大批判文，後來印成小冊子分發大專院校當作思想教育的材料。

批判文引用劉曉波的話：「我從回國後，就全心全意地投入到了以大學生為主體的全民民主運動，我在天安門廣場同大學生度過了十幾個非常難忘的日日夜夜」。那時，對我們這些偏遠的地方院校的師範生來說，出國留學，是一個遙不可及的美好夢想，我們千方百計絞盡腦汁想辦法出國，他卻從國外跑回來螢火蟲撲火，真是不可思議。

在萬聖書園，曉波同我們談了整整一下午。書店劉老闆原是中國政法大學的青年教師，是劉曉波在秦城監獄（位於北京昌平，中國著名的關押政治犯的監獄）的獄友，經歷三年多牢獄生活之後，創辦了這家書店，現在已經成為北京自由思想與自由知識的地標。

本書《11封信》中的第二封，就是給這位老朋友的信。

結巴子劉曉波從夏目漱石、川端康成、大江健三郎談到康有為、梁啟超、孫文流亡日本，談到支援中國新民主革命的日本志士，到當時的小泉政權；從他的家鄉日治時代的「新京」（今天的長春），居民享受的煤氣暖氣到日本人留下的基礎建設奠定了全國重工業基地，從七、八〇年代中期自己這一代人親身經歷的外來文化的洗禮，尤其是日本電影《望鄉》、《追捕》、《生死戀》、《幸福的黃手帕》以及電視連續劇《阿信》、《血疑》、《排球女將》……，原來結巴子並不結巴。

那時劉曉波剛剛完成二十萬字的《單刃毒劍——中國民族主義批判》，其中重要的一章是〈反日愛國的精明、懦弱和流氓〉，他批評中國走火入魔的反日民族主義「已經可悲到弱智的程度」；同時也對日本政府的只談「價格」，不談「價值」的對華外交功利主義提出尖銳批評。

劉曉波說非常信任日本人的誠實。他舉了其中一例：一九九二年，北海道大學的野澤俊敬教授根據《中國當代政治與中國知識分子》為底本翻譯出版了《現代中國知識人批評》（德間書店出版），但此時劉曉波出獄後回到大連的父母家中，外界沒有他的消息。譯者和出版社多方打聽找不到他，若干年後知道這件事後委託一位朋友去德間出版社詢問，出版社迅速將版稅如數送到他手裡，而且附帶一份言辭懇切的道歉信。曉波說歐美的媒體常常未經同意翻譯和出版他的文章，當然自己被封殺的聲音能夠由有心人翻譯傳到國外就已經非常感謝了，但是從未見過像日本人這樣誠實和守信用。

而幫助溝通此事的正是淳子和另外一位北京的朋友。

「萬聖」談話期間，劉曉波與廖亦武鬼鬼祟祟跑出去抽煙，嘻嘻哈哈一陣，回來後一臉正經地拜託我翻譯和出版他的書，說也許「牆外開花牆內香」。

六四之後，劉曉波作為教師已經被剝奪講台授課的權力；作為公民，在北京連暫住證都沒有，是「黑戶」；作為作家，除了香港、臺灣、歐美等少數華文媒體之外，在內地已經完全被消音，被蒸發了。

我告訴他，在日本，中國文學只是極為小眾出版，很難進入大眾商業流通的管道，遑論政論。即便有心人願意義務翻譯，出版社認同出版意義，哪怕非盈利地出版，版稅肯定是清湯寡水。劉曉波說，沒關係，跟老廖的書一樣的條件就可以了，賣得出去的話再結算，主要想聽到日本讀者對自己寫作的回應。我非常理解對一個以保持獨立思考寫作為生命的個體而言，聽不到任何讀者的回應之孤獨。

一九四九年以後以革命的名義公然焚書、禁書，作家被殺害、監禁、流放、罰以苦役，不計其數。大批知識人無家可歸，張愛玲離開上海之後三十三年，到去世都再未踏上故土；文革期間，音樂家馬思聰受盡淩辱，以偷渡的方式成功逃亡境外，並在美國發表了題為〈我為什麼逃離中國——關於「文化大革命」的可怕真相〉的聲明。六四之後，中國知識人更是成批流亡，不僅僅是專制制度不容忍自由文學，更是自由文學無法容忍醜陋的專制制度。而劉曉波明白為了表述的自由，唯有流亡，但又深知「得到天空，失去大地」之切膚之痛，放棄了逃亡，成為在自己祖國大地上的「失蹤者」。

在日本，大東京「一括中心」，尤其在出版業方面，全國約四千六百多家出版社，其中三千六百多家主要集中在東京，以至於出版業被稱為東京的「地方產業」。

而川端先生的出版社在遠離東京九百公里的九州福岡。川端先生年輕時因為痛恨社會的不公，追求自由平等的民權，懷著對「社會主義的中國」以及文革的浪漫幻想與共鳴而加入「中國書店」。林彪摔死溫都爾汗，六四時「人民解放軍」對人民開槍，「中華大一統」旗號下對弱勢民族的土地與文化的蠶食，像很多左翼知識人一樣，他的心臟連中機槍；以後他開始重新反思與調整自己的「中國觀」，在紙媒出版的困境中，仍然出版了很多有意義的書，包括王力雄、唯色、余杰等人的作品。川端先生向劉曉波表示，先找大咖出版社，如講談社、文藝春秋、新潮社、岩波書店，如果大咖出版社不肯出版的話，自己一定盡力。

緊接著，劉曉波的「轟炸」已經先於我的腳步炸滿了我的郵箱，以後，他每每發表文章就打包「轟炸」我。但那時我仍專注於學院式的文學研究，有一搭沒一搭地回信，直到二〇〇八年十二月他再度失去自由。

三、劉曉波的書在日本的出版狀況

子安先生從集廣舍的網頁上讀到淳子關於中國自由知識人劉曉波的連載，回到東京之後，立即同學術書店藤原書店聯繫。一個電話，我匆匆上京。在西泰志編輯的努力下，我主持編譯《從天安門事件到零八憲章》，本書是中日學者共同努力的結晶。淳子除了翻譯劉曉波的文章《零八憲章》、部分簽署者的〈我們和劉曉波不可分割〉之外，還撰文介紹〈關於劉曉波〉。

子安先生將在〈序言〉中指出：中共恐懼的是，劉曉波背負著天安門死者的聲音與支援《零八憲章》的生者的聲音，並且將二者合一。以後，子安先生提出〈劉曉波，作為我•們•（原文「我們」二字加墨點以示重視）的問題〉。

二〇〇九年藤原版的這本書成為諾貝爾和平獎頒獎之後日本讀者比較完整地瞭解劉曉

波六四之後艱難的心路歷程、思想與實踐以及《零八憲章》意義的重要讀本。

同年，子安先生與高橋順一教授在早稻田大學舉辦研討會，淳子和我都作為與談人參加。

二〇一一年，藤原書店在其綜合學術季刊冬季號上推出《中國民主化與劉曉波專輯》，除了日本學者以及媒體人的文章之外，翻譯了劉霞的詩歌；丁子霖、蔣培坤、余杰、徐友漁、王力雄、張博樹等人的文章。

後來集結成書《「我沒有敵人」的思想——中國民主化抗爭二十餘年》，書腰上話：「日中關係的未來在民間！真正的『日中友好』是什麼？『劉曉波』是我們的問題。忘卻天安門事件，是『日中友好』嗎？為什麼『親中』就不能批評中國的現行體制呢？長久以來的『親中VS反中』這種僵硬的二元對立思考方式囚禁了我們的對中認識，同樣體現在劉曉波獲得諾貝爾和平獎這個問題上。『天安門事件』究竟意味著什麼？《零八憲章》究竟意味著什麼？中國的近代化究竟意味著什麼？在此，拷問對我們自身的認識與對於鄰國國民的應有姿勢』。」

二〇一〇年十一月，我在《朝日新聞》上發表了一篇詩評——〈顫慄的抒情與慟哭的詩歌〉，介紹劉曉波的詩及其生存美學。

他的詩歌具有兩大特徵，一方面是對深愛的妻子的顫慄的抒情，如〈承擔——給苦難中的妻子〉：

親愛的／讓我隔著黑暗對你說／進入墳墓前／別忘了用骨灰給我寫信／別忘了留下陰間的地址

另一方面是每年六四紀念日，他都會寫一篇慟哭的詩歌紀念天安門事件的受難者：

「儘管十五年過去了，但那個被刺刀挑起血腥的黎明仍像刺刀尖一樣，扎進我的雙眼。從此以後，我看到的一切都帶著血污，乃至於我寫下的每個字的每一筆，皆來自墳墓中亡靈的傾訴。」

九州的另外一家文藝出版社——書肆侃侃房的老闆、詩人田島安江女史看到後找到劉曉波和劉霞的詩歌，與人合譯他們夫婦的詩集《牢裡的小耗子》。

曉波去世之後，我和田島女史合譯出版了劉曉波詩文集《隻身面對大海》，收錄了自一九九〇年到二〇〇八年五月每年悼亡天安門受難者的詩歌以及散文詩〈隻身面對大海〉、劉霞的詩集《毒藥》。此外出版了余杰的《劉曉波傳》日文版。

四、我們也許微力，但並非無力

二〇一三年，大赦國際日本分部在東京與京都分別舉辦了劉霞的攝影展，並出版她的攝影集《沉默的力量》，淳子在該書中寫了一篇〈霞姐〉，「霞姐，年輕的朋友們這樣親切地稱呼她。記得我們一起吃飯，電郵的來來去去中，我這樣稱呼她時靦腆的微笑。是的，靜靜的，有點兒羞澀的，總是那張笑臉」。

在劉曉波入獄，死亡，在劉霞不自由的日子，淳子不斷地在發出聲音。

這些年，淳子主要致力於當代中國自由知識人的研究與翻譯。不久前收到她的新書《六四與一九八九——怎樣應對習近平帝國》（與石井知章教授合編，白水社出版）。

在日本，與六四天安門事件研究與呼籲的集會上，都少不了她的身影。

這些年，我的朋友們，或獄死、或流亡、或正在流亡的路上；或因為有損「偉、光、正」的光輝形象，不允許出境；或被吊銷戶口，成為在自己祖國的流亡者。

而日本學者，只要關注中國底層百姓的基本人權，公民運動，圖博特（西藏）或者東土（新疆）問題，就不被允許進入中國，或在中國遭到麻煩。

二〇一九年，國立北海道大學的一名研究中日現代史的教授受中國社科院的邀請去北京，在旅館被帶走、拘留的消息震驚日本，尤其是日本的中國問題研究界。

該教授就在前一年還應中日韓共同歷史研究中方委員會邀請，在近代史研究所做過研究報告，中國還出版過他的論文。

他並非「右翼、保守」派的學者，也不是「嫌中」、「反中」人士，他只是一名勤勤懇懇的學者。

自二〇一四年中國政府頒布《國家祕密法實施條例》以來，已經有十幾名日本人被拘留或被判刑，大都是公司職員，也有「中日友好協會」的人。前後也有在日華人學者的「失蹤」。但是未能引起媒體與企業的重視，也沒有企業與學界的溝通。

而這次，日本中國研究界的學者們終於發出抗議中國政治干涉學術自由的聲音。

也就是說，在日本這個自由民主的國家，以普世價值和客觀公正研究近現代中國，正在成為「高危」作業，同樣必須自我審查自己的思想與行為了。因為一不小心就可能踏入「敏感」區域，重者被扣上「間諜罪」，輕者不允許入境，田野調查和實地訪問無法完成，學術生命意味著終結。

淳子，只是默默地耕耘。她在大學開了一門關於「劉曉波」的研究課。

過去的十多年中，我和淳子多次在同一本書中，在同一次紀念會上「相遇」。

儘管我出國多年，但我的老父母仍在故鄉，成為我的牽掛；而在日本，關注言論自由，尊重人權，弱小民族的權益，很容易被貼上「右翼」或者「左翼」的標籤，研究與寫作只是孤立無援中孜孜前行。當我感到無力與哭泣的時候，淳子總是寄來一頁美麗字跡的信箋，「燕姐，我們也許微力，但並非無力」，外加一盒美味精緻的點心。

謝謝你，淳子，謝謝你同我們一起，在泥濘的路上，吹同樣的風，淋同樣的雨，謝謝你，與我們在這個時代「一期一會」，我們更懂得鄰人的意義，朋友的意義。

最後，我要深深地感謝好友黃美珍，謝謝你為本書（還有其他書）牽線搭橋，任何時候，你總是給我暖心的鼓勵和慰藉。正如淳子說的，從臺灣朋友身上，感受到從未有過的濃濃的人情和貼心。

謝謝秀威出版社的理解與支持。

謝謝鄭伊庭、許乃文編輯，新冠病毒疫情期間，雖然我們近在天涯海角，但仍能通過SNS對本書討論、斟酌。

感謝臺灣，倖存臺灣，中文世界不至於只有一種聲音。

二〇二〇年三月十一日

世界衛生組織（WHO）宣佈，新型冠狀病毒肺炎

進入「全球大流行」階段（global pandemic）

新銳文學37 PC0928

新銳文創
INDEPENDENT & UNIQUE

11封信
——關於劉曉波的至情書簡

原　　著	及川淳子
中　　譯	劉燕子、及川淳子
責任編輯	許乃文
封面插畫	巴丟草
圖文排版	楊家齊
封面設計	劉肇昇

出版策劃	新銳文創
發 行 人	宋政坤
法律顧問	毛國樑　律師
製作發行	秀威資訊科技股份有限公司 114 台北市內湖區瑞光路76巷65號1樓 電話：+886-2-2796-3638　傳真：+886-2-2796-1377 服務信箱：service@showwe.com.tw http://www.showwe.com.tw
郵政劃撥	19563868　戶名：秀威資訊科技股份有限公司
展售門市	國家書店【松江門市】 104 台北市中山區松江路209號1樓 電話：+886-2-2518-0207　傳真：+886-2-2518-0778
網路訂購	秀威網路書店：https://store.showwe.tw 國家網路書店：https://www.govbooks.com.tw

出版日期	2020年7月　BOD一版
定　　價	260元

Printed in Taiwan

國家圖書館出版品預行編目

11封信：關於劉曉波的至情書簡 / 及川淳子著；劉燕子,
及川淳子譯. -- 一版. -- 臺北市：新銳文創, 2020.07
面；　公分. -- (新銳文學；37)
BOD版
譯自：11通の手紙
ISBN 978-957-8924-95-6(平裝)

861.67　　109004733

讀者回函卡

感謝您購買本書，為提升服務品質，請填妥以下資料，將讀者回函卡直接寄回或傳真本公司，收到您的寶貴意見後，我們會收藏記錄及檢討，謝謝！

如您需要了解本公司最新出版書目、購書優惠或企劃活動，歡迎您上網查詢或下載相關資料：http:// www.showwe.com.tw

您購買的書名：________________________________

出生日期：________年________月________日

學歷：□高中（含）以下　□大專　□研究所（含）以上

職業：□製造業　□金融業　□資訊業　□軍警　□傳播業　□自由業

□服務業　□公務員　□教職　□學生　□家管　□其它____

購書地點：□網路書店　□實體書店　□書展　□郵購　□贈閱　□其他

您從何得知本書的消息？

□網路書店　□實體書店　□網路搜尋　□電子報　□書訊　□雜誌

□傳播媒體　□親友推薦　□網站推薦　□部落格　□其他________

您對本書的評價：（請填代號　1.非常滿意　2.滿意　3.尚可　4.再改進）

封面設計____　版面編排____　內容____　文／譯筆____　價格____

讀完書後您覺得：

□很有收穫　□有收穫　□收穫不多　□沒收穫

對我們的建議：________________________________

____

____

____

請貼
郵票

11466
台北市內湖區瑞光路 76 巷 65 號 1 樓
秀威資訊科技股份有限公司 收
BOD 數位出版事業部

（請沿線對折寄回，謝謝！）

姓　　名：________________　年齡：________　性別：□女　□男

郵遞區號：□□□□□

地　　址：____

聯絡電話：(日) ________________ (夜) ________________

E-mail：____